El rescate del bebé búho

Por Jennifer Keats Curtis

Ilustrado por Laura Jacques

En una tarde calurosa de abril, Madie tomó un bate, una pelota, dos guantes y se fue al patio para practicar junto con su hermanito Max, cómo aventar la pelota muy alto. Mientras caminaban hacia la cerca trasera, Madie escuchó un ruido muy chistoso.

Clac, clac, clac.

¿Qué era eso? Sonaba como si unas uñas dieran golpecitos sobre una mesa.

Clac, clac, clac.

Sonaba otra vez. Madie estaba segura que el ruido venía debajo del gran árbol de pino en la esquina lejana del patio. Ella arrojó su guante, llevó un dedo hacia sus labios, y calló a Max.

Mientras más se acercaba, veía algo gris y borroso. ¿Esas eran plumas?

¡Sí! Unos ojos grandes, brillosos la miraron desde el interior de una peluda y erizada pelotita. Madie podía ver un pico muy filoso, unas patas peludas, y unas garras grandes y largas.

¡*Clac, clac, clac,* hacía el bebé búho, abriendo y cerrando su pico rápidamente, advirtiéndole a Madie que se fuera!

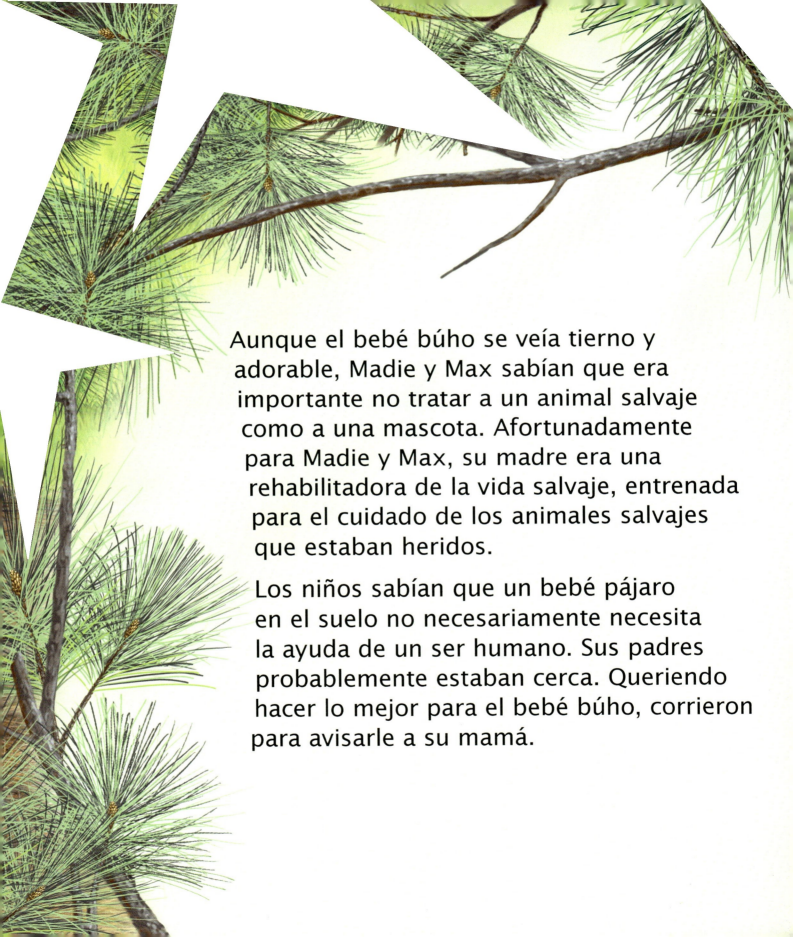

Aunque el bebé búho se veía tierno y adorable, Madie y Max sabían que era importante no tratar a un animal salvaje como a una mascota. Afortunadamente para Madie y Max, su madre era una rehabilitadora de la vida salvaje, entrenada para el cuidado de los animales salvajes que estaban heridos.

Los niños sabían que un bebé pájaro en el suelo no necesariamente necesita la ayuda de un ser humano. Sus padres probablemente estaban cerca. Queriendo hacer lo mejor para el bebé búho, corrieron para avisarle a su mamá.

Tan pronto como la mamá vio los ojos amarillos, ella sabía qué clase de búho habían encontrado los niños. Señalando a los cuernos emplumados que empezaban a crecerle al búho a cada lado de la cabeza, susurró diciendo entusiasmada, "¡Es un búho cornudo!"

Les recordó a los niños que habían escuchado un par de búhos cornudos llamándose uno al otro después del Año Nuevo. Los búhos cornudos anidan antes que otros pájaros, a menudo empollando sus huevos tan pronto como en enero, cuando aún hay nieve.

A través del largo, y frío invierno, toda la familia había escuchado el *uuu-uuu-uu-u-u* que es como suavemente los padres se llaman uno al otro. Entonces, una vez que los polluelos nacen, los padres guardan silencio.

"¿Cuántos años tiene, mamá?" susurró Max.

"Yo creo que todavía no vuela y anda por las ramas, está dejando el nido."

"¿Por qué está en el suelo?" preguntó Madie.

"¿Qué debemos hacer?" dijo Max muy preocupado.

Su mamá sonrió y silenciosamente, señaló hacia arriba. Cerca de la cima de un gran árbol, los niños podrían hacer un nido con ramas. "O se cayó anoche de su nido por los fuertes vientos, o se cayó mientras saltaba de rama en rama. Vamos a ver si está tan grandecito para volver a su nido por sí mismo."

"Ten cuidado de no tocarlo o hablarle. Si tiene mucho contacto con los humanos, le será muy difícil vivir en la vida salvaje."

Mientras que Madie y Max se retiraban de la vista del búho, su mamá sacó un par de guantes viejos, pesados, de color café y suavemente colocó al bebé búho cerca de la base del árbol de pino. Tenía la esperanza de que fuera lo suficientemente grandecito para usar su gran pico y patas largas para subir al árbol, y entonces volar y saltar de regreso a su nido.

Mientras la mamá levantaba al búho, Max se dio cuenta que tan pequeño era. El búho había esponjado sus plumas para aparentar ser más grande, con la intención de espantarlos.

Madie y Max habían visto animales que pudieran ser enemigos del bebé búho: mapaches, zorros, e inclusive el perro del vecino. El lugar más seguro para este búho era de regreso a su nido.

Por varios minutos, el bebé búho miró al árbol con sus grandes ojos amarillos. Entonces, miró hacia atrás, con expectativa, como si estuviera pensando, "¿Y, ahora qué?" Claramente se notaba que era muy pequeño como para escalar el árbol. La mamá de los niños le tendría que dar una mano.

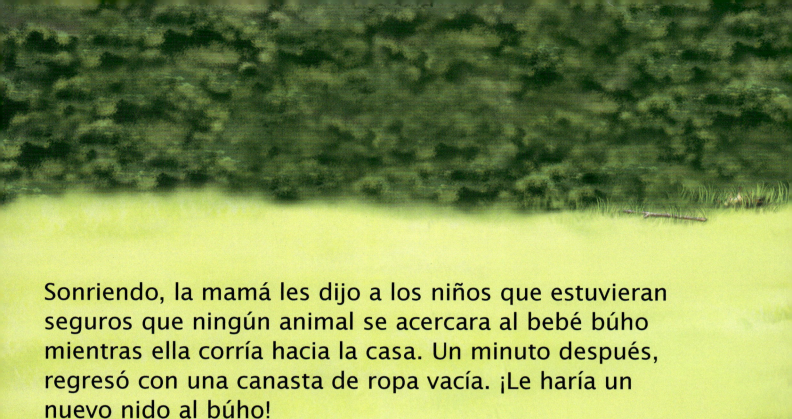

Sonriendo, la mamá les dijo a los niños que estuvieran seguros que ningún animal se acercara al bebé búho mientras ella corría hacia la casa. Un minuto después, regresó con una canasta de ropa vacía. ¡Le haría un nuevo nido al búho!

Madie y Max le ayudaron a su mamá a llenar la canasta con hojas pequeñas.

Madie y Max habían visto a su mamá hacer una llamada por teléfono pero se sorprendieron cuando dos bomberos llegaron en un camión brilloso, de color blanco con rojo y con una grúa con plataforma. Mientras ellos, y varios vecinos miraban, uno de los bomberos se puso un casco y se subió dentro de la plataforma.

Utilizando sus guantes pesados, la mamá colocó al búho en la canasta y se la pasó al bombero. El bombero se elevó por el aire hasta que estaba varios pies debajo del nido de donde el búho se había caído. El bombero colocó cuidadosamente la canasta en una rama del árbol y la ató justo debajo del viejo nido.

Para ayudar a los padres del búho a encontrar el nuevo nido de su bebé, la mamá de Madie y Max puso un CD de "los sonidos de bebés búhos." *Juit. Juit. Juit,* sonaba el disco. *Juit. Juit. Juit.*

¡Había funcionado!

Mientras todos miraban, la madre búho voló por encima de las cabezas. El gran pájaro aterrizó sobre una rama. Ignorando a la audiencia, la madre búho volteó su cabeza y miró dentro de la canasta.

Con una gran fuerza, la madre búho voló nuevamente, en busca de un ratón, una ardilla, o una lagartija, para dársela a su bebé hambriento.

Los vecinos se retiraron, uno por uno. Sin embargo, Madie, Max, su madre, y los bomberos querían ver qué sucedería después.

Justo cuando las luces de las calles se encendieron, Madie espió de nuevo a la madre búho. Gracias a la luz del poste, todos podían ver la cola del ratón colgando de su pico. Max suspiró en señal de alivio. El bebé comería.

"Que siga el juego", se rió un bombero. Madie tomó su bate. Sonriéndole, Max le lanzó una bola a su hermana.

Para las mentes creativas

La sección educativa "Para las mentes creativas" puede ser fotocopiada o impresa de nuestra página del Web por el propietario de este libro para usos educacionales o no comerciales. "Actividades educativas" extra curriculares, pruebas interactivas, e información adicional están disponibles en línea. Visite www.ArbordalePublishing.com y haga clic en la portada del libro y encontrará todos los materiales adicionales.

Hechos Divertidos sobre los Búhos Cornudos

Pesan entre 2.5 y 4 libras ó 1.36 y 1.81 kg.

Como otros búhos, éstos son nocturnos. Eso significa que cazan de noche y duermen durante el día.

Los adultos están entre las 18 y 25 pulgadas ó 46 y 63 centímetros.

Nosotros pensamos que pueden vivir entre 12 ó 13 años en la selva. Sus depredadores principales son otros búhos de la misma especie.

Los búhos cornudos se encuentran en todos los tipos de hábitat: en tu patio, en los desiertos, en los bosques, e ¡incluso en el Ártico!

Unas horas después de comer, regurgitan pedazos de piel, plumas, huesos, y otras partes de su comida que no se digieren. Estos pedazos nos ayudan a comprender lo que comen los búhos.

Las hembras son un poquito más grandes que los machos.

El ruidoso huu-**huuuuuu-huu-huu** puede ser escuchado por millas durante una noche tranquila pero no harán ruido mientras cazan. No quieren que su presa se entere en dónde están.

Son pájaros de caza. Su comida está viva cuando la cazan. Éstos comen ratones, ardillas, conejos, zorrillos, cuervos, garzas, otros búhos, patos, ranas, algunos peces, e inclusive algunos gatos domésticos. Ellos se tragan a su presa entera cuando es pequeña, pero a los animales más grandes los despedazan utilizando sus garras y sus picos.

Cuando están volando, la envergadura (la medida desde la punta de una ala a la otra punta de la otra ala) puede ser aproximadamente el doble de su tamaño (de 40 a 57 pulgadas). Abre tus brazos y haz que alguien te mida tu "envergadura." ¿Cómo se compara con la envergadura de un búho?

Actividad de Adaptación de los Búhos Cornudos

A.

B.

1. Sus ojos grandes, amarillos les ayudan a ver de noche.

2. Sus filosos picos les ayudan a rasgar las presas grandes para comerlas.

3. El borde frontal de cada ala tiene unas cerdas como de peine que amortiguan el ruido del aleteo. Esto ayuda a los búhos para que silenciosamente cacen a su presa.

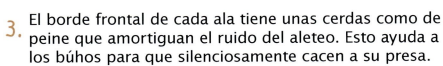
C.

D.

4. Como la mayoría de los pájaros, los búhos tienen cuatro garras. ¡Pero una de esas garras puede moverse hacia el frente o hacia atrás con tres garras al frente, una atrás o dos hacia el frente y dos hacia atrás!

5. Las filosas garras las utilizan para agarrar a su presa.

E.

F.

6. Los colores gris, café y los diseños en las plumas de los búhos les ayudan como camuflaje para ocultarse entre los árboles.

7. Ellos no pueden mover sus ojos pero pueden voltear su cabeza casi por completo (270 grados) para poder ver.

G.

H.

8. Sus orejas son pequeñas, orificios chiquitos a cada lado de sus cabezas, justamente detrás de sus ojos. Las orejas no están centradas, una está un poquito más alta que la otra. Las diferencias en la altura de sus orejas le ayudan al búho a juzgar la distancia del sonido. El copete de plumas o "cuernos" son simplemente decoraciones para hacer que el pájaro se mire más feroz.

Respuestas: 1G, 2F, 3D, 4E, 5A, 6H, 7B, 8C

Actividad del Ciclo de Vida del Búho

Ordena los eventos del ciclo de vida del búho para deletrear la palabra que está desordenada.

1 En enero o febrero, el macho y la hembra se llamarán uno al otro como parte de su "noviazgo" o cortejo.

2 Un par de búhos tomarán los nidos que otros pájaros hayan construido. No son melindrosos acerca del sitio en donde se encuentra el nido y utilizarán los nidos en los árboles, en las orillas de los acantilados, o inclusive en los edificios. Algunas veces pondrán sus nidos en los huecos de los árboles.

3 Las hembras generalmente ponen dos o tres huevos blancos a la vez.

4 La madre encuban los huevos de 30 a 35 días (alrededor de un mes, más o menos). Los padres protegerán el nido y podrían matar o ahuyentar a otro animal que trate de llegar a éste.

5 Cuando nacen, los crios están cubiertos de una pelusilla blanca.

6 Cuando tienen cerca de 6 ó 7 semanas de nacidos, las crías empezarán a caminar sobre las ramas que están cerca del nido. Se llaman "los que andan por las ramas" como el búho en la historia.

7 Ambos padres continúan alimentando a sus crías hasta que ellas dejan el nido, vuelan y se van para encontrar su propio hogar. Esto sucede en el otoño después de que nacen.

8 Los búhos jóvenes pueden volar cuando tienen cerca de 9 ó 10 semanas de nacidos y ahora se llaman polluelos.

Qué hacer si te encuentras un pájaro que está herido

Aún cuando te encuentres a un pajarito sobre la tierra, puede que no necesite de tu ayuda.

La mayoría de las veces, los pollitos son vigilados por sus padres y no necesitan de tu ayuda.

A menos que puedas notar que el pájaro esté herido, o que ha estado solo por muchas horas, déjalo donde está. Manten alejadas a tus mascotas (déjalas en tu casa o con una correa) para que los padres del pájaro lo puedan alimentar.

Aunque no es verdad que la madre abandonará al bebé si huele el aroma de los humanos, no deberías agarrar al bebé a menos que seas capaz de regresarlo a su nido. La mayoría de los pájaros no tienen un buen sentido del olfato (excepto los buitres). Es tu presencia, y no tu aroma, que no los deja regresar a su bebé. Es mejor mantener la actividad humana a lo mínimo alrededor del polluelo o el nido, si es posible.

Si tú crees que el bebé ha sido abandonado o está herido, por favor ponte en contacto con el Departamento de Recursos Naturales o un veterinario para encontrar un rehabilitador cerca de ti. Los rehabilitadores tienen permisos especiales y entrenamiento que les permite que cuiden a los animales que están heridos, enfermos, o que son abandonados. Los rehabilitadores cuidan la vida salvaje, algunas veces en una casa o en una clínica, pero trabajan para ayudar a que los animales se queden en su medio ambiente o naturaleza. Estas personas sueltan a estos animales tan pronto y se pueden alimentar por sí mismos.

Hasta que puedas llevar al pájaro con un rehabilitador, mantenlo en una caja pequeña en una área silenciosa, obscura. No le des al bebé nada de comer o beber.

Es ilegal tener o capturar búhos y pájaros migratorios en cualquier estado si no tienes licencia para hacerlo.

ISBN 978-1-628553963: portada suave en Español
ISBN 978-1-934359952: portada dura en Inglés
ISBN 978-1-607186106: portada suave en Inglés
ISBN 978-1-607180609: libro digital descargable en Inglés
ISBN 978-1-607180500: libro digital descargable en Español
Interactivo libro digital para leer en voz alta con función de selección de texto en Inglés (978-1-607182900) y Español (978-1-628551211) y audio (utilizando web y iPad/ tableta)

Derechos de Autor © 2009 by Jennifer Keats Curtiz
Derechos de Ilustración © 2009 by Laura Jacques
La sección educativa "para las mentes creativas" puede ser fotocopiada por el propietario de este libro y por los educadores para su uso en las aulas de clase.

Elaborado en los E.E.U.U.
Este producto se ajusta al CPSIA 2008

Traducido de **Baby Owl's Rescue** por Rosalyna Toth

Arbordale Publishing
anteriormente Sylvan Dell Publishing
Mt. Pleasant, SC 29464
www.ArbordalePublishing.com